# A COLHEITA DAS ALMAS

Edgar J. Hyde

Ciranda Cultural

**Dados Internacionais de Catalogação na Publicação (CIP)**
**(Câmara Brasileira do Livro, SP, Brasil)**

Hyde, Edgar J.
A colheita das almas / Edgar J. Hyde ; [tradução Silvio Antunha]. – Barueri, SP : Ciranda Cultural, 2015. -- (Hora do Espanto)

Título original: Soul Harvest.
ISBN 978-85-380-3249-6

1. Ficção juvenil I. Título. II. Série.

15-02260 CDD-028.5

**Índices para catálogo sistemático:**

1. Ficção : Literatura juvenil 028.5


Título original: *Soul Harvest*


Tradução: Silvio Antunha

1ª Edição
www.cirandacultural.com.br

# Sumário

## Capítulo 1

# A Casa do Vizinho

Billy apoiou os cotovelos no peitoril da janela e olhou para fora. O dia estava lindo. O sol brilhava direto sobre o senhor McKenzie, que juntava meticulosamente a grama recém-aparada.

Na casa seguinte, os gêmeos de 4 anos de idade do senhor e da senhora Pringle entravam e saíam da piscina, gritando de alegria toda vez que se molhavam na água fria. Benji, o cão labrador dourado da família, eventualmente abria um olho para vigiá-los e verificar se tudo estava bem, mas na verdade ele também estava sonolento demais para fazer qualquer coisa além disso. Ele se esticava para se aquecer ao sol e bocejava satisfeito.

Ao olhar além dessas duas casas, em direção ao resto da cidade de Glosserton, Billy podia ver os outros vizinhos, sentados em cadeiras de jardim que ficavam sempre guardadas e eram redescobertas nos meses de verão. Alguns liam jornal, enquanto outros, protegidos com um chapéu, cochilavam sob o sol.

## Hora do Espanto

Muitas crianças brincavam na beira da calçada, e lambiam apressadas seus sorvetes que derretiam rapidamente com o calor do sol.

Billy suspirou, olhou para cima e contemplou o céu sem nuvens. Era um dia perfeito. E pensar que apenas poucos meses antes ele nem poderia imaginar que tanta paz e contentamento fossem possíveis. Parece que tudo tinha começado com a chegada da nova família na próxima rua...

* * *

Billy descia a ladeira para casa, depois de visitar Alex. Os dois amigos tinham discutido a tática para o "amistoso" da próxima semana contra a equipe de futebol da cidade vizinha, e Billy simplesmente não percebeu o tempo passar. Agora provavelmente já era tarde demais. A mãe dele trabalhava meio período no supermercado local, e ficava maluca se Billy não estivesse presente para tomar conta da irmã pequena até o pai chegar em casa.

Pedalando impetuosamente, ele se distraiu ao avistar uma grande caminhonete com mobília estacionada no fim da rua. Ele parou um pouco antes para verificar o trânsito contrário mais claramente.

Billy conteve um sorriso quando percebeu bisbilhoteiros observando a mobília sendo descarregada da caminhonete. Isso acontecia na rua próxima àquela onde ele morava, e ele sabia muito bem que os recém-chegados eram alvos preferenciais dos curiosos.

Mas Billy não pôde deixar de perceber que a mobília parecia pertencer a outra época. Eram móveis muito pesados e escuros, ao contrário da brilhante mobília de pinho que sua mãe preferia. Agora um carro se aproximava, então, ele teve de esperar um pouco mais antes de seguir viagem.

Duas crianças desceram da caminhonete. O garoto, provavelmente quase da mesma idade do próprio Billy, foi logo seguido por uma garota, que Billy presumiu ser a irmã mais jovem.

Foi só depois de observar melhor que Billy reparou algo estranho nas crianças: era o jeito apático como elas se comportavam. Nem uma única palavra foi trocada enquanto elas percorriam o caminho para a casa nova. Nem uma exclamação sobre o tamanho do jardim, nenhum pulo nos degraus da escada, enquanto a porta era destrancada pelos pais!

Quando Billy e Alice se mudaram para uma nova casa, ele lembrava claramente como haviam ficado agitados. Nenhum deles conseguia se conter e corriam de uma sala para outra, gritando e chamando um pelo outro, rindo enquanto suas vozes ecoavam pela casa sem carpete, como permaneceu.

Os pais também desceram da caminhonete e Billy achou que ambos pareciam criaturas estranhas.

A mãe era pequena e mirrada, com um enorme nariz recurvado. O pai era alto e abatido.

Billy tratou de desviar, pois já ouvia a mãe brigando com ele por espionar, saindo de trás da caminhonete com sua bicicleta. Ao ver que o caminho agora estava limpo, ele pedalou para o final da rua e virou à esquerda, onde morava.

A mãe o esperava na cozinha, casaco numa das mãos, as chaves do carro na outra, quando ele entrou correndo.

– Bem na hora, rapazinho – ela disse, curvando-se para beijar Alice na testa. – O pai de vocês chegará em casa no horário de sempre, então, coloque a pizza no forno cerca de 10 minutos antes.

– Tudo bem, mãe, nos vemos mais tarde – ele falou, abrindo a geladeira para ver o que tinha para beliscar nesse meio-tempo.

– Ei, Billy!

– Sim – ele olhou para ela.

– Leia as instruções dessa vez! – ela sorriu, enquanto fechava a porta.

Ele nunca faria isso, não é mesmo? Da última vez que fizeram pizza no jantar, Billy a deixou no forno por cerca de 80 minutos, em vez de 30, e estava de fato totalmente queimada na hora em que o pai chegou em casa.

(Embora não tivesse contado nem para a mãe e nem para o pai, ele estava tão concentrado para poder alcançar o próximo nível em seu novo jogo de videogame, que mal leu as instruções da caixa, colocou a pizza no forno, e voltou correndo para seu quarto, no andar de cima.)

– Eu quero um pouco disso – disse Alice, olhando para o irmão da mesa da cozinha.

– Mas você não gosta de creme de amendoim crocante – ele disse, colocando um pouco na boca.

– Não é crocante, é liso – a irmã argumentou.

– Então, o que são todos esses pedacinhos? – ele replicou, botando a língua para fora para demonstrar.

– Nossa, como você é nojento! – Alice fez uma careta. – Engula a sua língua de volta. Vou contar para a mamãe que você me fez sentir enjoada de propósito.

Ela se levantou e colocou o cabelo atrás da orelha. – Vou lá fora para ver o que Ricky está fazendo. Vejo você depois.

E, assim, ela deu meia-volta e saiu.

"Você me fez sentir enjoada de propósito – essa é muito boa!" – pensou Billy, enquanto tampava o pote de volta.

## Capítulo 2

# A Senhora Millfield em Ação

Alice era uma menina muito peralta e, de fato, a verdadeira nojenta era *ela*! Desde que começou a engatinhar, ela seguia o irmão para fora da casa até o jardim, pegava insetos de todo tipo, trazia perto do rosto e os examinava de cada ângulo. Nada escapava das garras dela. Seus dedinhos fofos se fixavam em volta de lagartas gorduchas e cabeludas. Ela era tão curiosa que lambia reluzentes besouros pretos com sua linguinha rosada. Minhocas que tentavam dar o fora para se esconderem embaixo de pedras eram capturadas e esticadas em todas as direções. E ela ainda dizia que *ele* era nojento!

Billy seguiu seu caminho para o andar de cima, parando na janela para olhar o lado de fora. Com certeza lá estaria Alice, vestida num macacão azul, sentada no topo do ramo mais alto da árvore ao lado da porta. Ricky, porém, que era um ano mais velho do que Alice, ficava sentado no ramo logo abaixo, e sem dúvida recebia ajuda da garota supostamente mais fraca para chegar lá.

Billy entrou no quarto, ligou o computador e entrou em outro mundo. Ficou ali, absolutamente feliz, até ser interrompido pelo barulho da campainha da porta da frente. Correu escada abaixo, abriu a porta e viu a senhora Millfield.

– Olá, senhora Millfield, posso ajudá-la em alguma coisa? – ele perguntou.

– Claro que pode – ela disse zangada –, basta ficar do seu lado da rua da próxima vez que passar pela minha casa de bicicleta. Estou cheia de crianças como você que pensam que são donas da rua. Gritam, berram, jogam futebol prá lá e prá cá, e ficam esperando pessoas idosas como eu só para esbarrar na gente. Bem, já aguentei demais, Billy Thomson, e você pode dizer para a sua irmãzinha que se eu pegá-la no meu jardim novamente, não serei responsável pelos meus atos... – e, com isso, ela deu meia-volta e foi embora.

Billy ficou tão pasmo que parou atônito na soleira da porta observando a vizinha voltar para casa. Seria possível? Mas que desaforo! Ele não conseguia acreditar no disparate que tinha acabado de ouvir da senhora Millfield, justo ele que a considerava uma adorável senhora. Ele e Alice às vezes lhe prestavam favores, e ela sempre se mostrava muito agradecida, dava-lhes balas e os convidava para tomar refrigerante na casa dela. Mas agora ela vinha com essa!

"Fique do seu lado da rua."

Com que direito ela dizia isso? Ela que esperasse até ele contar para o pai, que ficaria tão chocado quanto ele.

Billy voltou para o andar de cima. Talvez a senhora Millfield não estivesse se sentindo muito bem naquele dia, ele pensava enquanto entrava em seu quarto.

## Capítulo 3

# Papai Muda de Personalidade

Quando seu pai chegou em casa, Billy já tinha arrumado os pratos na mesa e acabava de tirar a pizza do forno.

– Oi, pai. Vou só terminar de servi-lo e depois vou buscar Alice.

Antes que ele tivesse tempo de fazer alguma coisa, porém, a porta de trás se abriu e Alice entrou, aos prantos, e com lágrimas escorrendo pelo rosto.

– Algum problema, Alice?

Billy soltou o cortador de pizza e foi atrás da irmã. Alice dificilmente chorava, e ele sabia que deveria ter acontecido algo muito ruim para aborrecê-la daquela forma.

– O que aconteceu? – ele perguntou atenciosamente, curvando-se para a menina. – Você se machucou?

– Não, não me machuquei – ela engoliu em seco entre soluços. – Foi a senhora Millfield, Billy. Você devia ter ouvido as coisas que ela disse para mim, e tudo porque eu fui até o jardim dela pegar a minha bola de tênis.

Ela fungou o nariz com força e o enxugou na manga da camiseta.

– Inacreditável! – disse Ricky, que tinha seguido Alice até a cozinha. – Ela gritava e agitava as mãos. No começo, nós não achamos que ela estivesse falando conosco. Ela nunca fez algo assim.

Billy sentou-se num banquinho da cozinha e apertou com força a mão de Alice.

– Isso é mesmo bem estranho, porque ela veio aqui antes me dizer para não passar nem perto do jardim e da casa dela, e eu comecei a achar que talvez ela estivesse ficando um pouco biruta. Esse episódio todo não combina com a personalidade dela.

Alice mexia na alça de seu macacão.

– Ela disse que se me visse outra vez no jardim dela, não seria responsável por seus atos. Disse ainda que estava cansada de me ver representar o papel de bobona que prestava favores a ela, que sentia ódio de me ver, e que talvez eu devesse me lembrar que jà sou moça e que não deveria mais usar esse macacão estúpido!

A voz dela estremeceu com estas últimas palavras e Billy olhou para Ricky.

– É verdade, Billy, ela disse todas essas coisas e muito mais.

Billy olhou em volta procurando pelo pai, mas não havia ninguém ali.

"Ele deve ter ido para a sala de estar" – ele pensou.

– Tudo bem, Ricky, você pode ir para casa agora. Obrigado por trazer Alice de volta em segurança. Alice, venha cá.

Ele tentou novamente segurar a mão da irmã, mas ela enfiou ambas nos bolsos, tentando parecer corajosa.

Sabendo que Alice estava tentando manter o papel de moleca, e não perder a pose na frente de Ricky, Billy soltou a mão dela e seguiu para a sala de estar.

O pai estava afundado na poltrona, com o controle remoto na mão e os olhos fixos na televisão.

"Isso não é normal" – pensou Billy. "Deve estar passando alguma luta de boxe mais cedo para o papai estar aqui antes de comer..."

– Pai, precisamos conversar com você – ele começou. O pai sequer desviou a atenção da tela.

– Cadê o jantar? – ele perguntou.

– Ainda não servi – falou Billy. – Pai, escute, nós achamos que a senhora Millfield está com algum tipo de problema. Quando voltei da escola hoje...

– Traga a minha pizza – disse o pai, com os olhos ainda fixos na TV. – Trabalho duro no escritório o dia inteiro e, quando chego em casa, espero que o meu jantar seja servido imediatamente.

Billy e Alice olharam um para o outro. Aquele não era o mesmo pai. O que estava acontecendo com todo mundo?

Alice se adiantou e ficou na frente do pai, com seu cabelo loiro cacheado e o rosto sujo, manchado pelas lágrimas.

– Pai, a senhora Millfield não foi muito legal comigo hoje, e o Billy e eu achamos que talvez ela não esteja muito b...

– Calada, Alice – o pai se exaltou –, e saia da minha frente. Você não é transparente.

Apesar de não machucá-la, ele a empurrou com as mãos, antes de atirar longe os sapatos e aumentar o volume da TV.

Alice virou-se para o irmão, que estava paralisado como um poste, atordoado com o que tinha visto e ouvido. Alice era a queridinha do papai, sempre tinha sido e sempre seria, ainda que ele tivesse acabado de tratá-la como se não gostasse dela! Os olhos de Alice se encheram de lágrimas.

– Pai, algum problema? – o garoto falou.

– Traga-me a porcaria da pizza, Billy. Quantas vezes vou ter que repetir isso? E traga também uma cerveja. Já! Traga isso agora mesmo. E depois saia da sala e me deixe sozinho.

Alice, embora tivesse tentado se controlar, começou a choramingar e a mexer impaciente na alça do macacão, um hábito que vinha com ela desde muito pequena. O pai abaixou o som da televisão e se inclinou diante do rosto da filha. Seus lábios formaram um lento sorriso.

– Alice – ele disse delicadamente.

Então, quando a menina olhou para ele confiante, ele esbravejou:

– Calada! E pare com essa choradeira! Agora, saia de perto de mim.

Ele disse isso com tanto ódio que Alice se afastou do pai, o mais longe que podia.

## Capítulo 4

# Uma Noite Longa

Magoado, zangado e confuso, Billy agarrou a mão da irmã e a retirou da sala rapidamente. Agora a menina chorava mais do que antes, pois o pai nunca tinha falado com ela daquele jeito. Ela acompanhou Billy até a cozinha e deixou que ele a sentasse num banquinho.

– Sente-se, Alice. Vou levar o jantar do papai e nós jantaremos aqui. Se ele vier para a cozinha, vamos para o meu quarto. Não sei o que deu nele esta noite, mas de uma coisa estou certo: assim que a mamãe souber como ele agiu, ela não vai ficar só um pouquinho incomodada...

Realmente zangado pelos eventos que tinham acabado de acontecer, Billy pôs uma fatia de pizza em um prato e pegou uma cerveja na geladeira. Colocou tudo em uma bandeja e foi para a sala de estar, onde podia ouvir o pai rir-se a valer de uma reportagem que falava de pessoas com terríveis problemas financeiros. Deixando a bandeja ao lado da poltrona do pai, Billy deixou a sala.

– Ah, Billy – disse o pai.

– Sim? – Billy se virou.

– Não quero ouvir a madame choramingando!

Billy bateu a porta com força e voltou para a cozinha. Ele não estava certo se a gargalhada alta que o pai soltou em seguida foi por ter achado graça dele ter batido a porta, ou apenas pelo prazer de ver mais alguém financeiramente arruinado na televisão.

Alice tinha parado de chorar e beliscava lentamente sua pizza. Billy verificou o relógio. Faltava apenas meia hora para a mãe voltar para casa. Que dia mais estranho! Primeiro, a senhora Millfield, que já tinha sido estranha o bastante, mas agora o pai também. Ele nunca o tinha visto se comportar desse jeito, e especialmente com Alice. Ele sempre tinha sido um pai incrivelmente paciente, gentil e amoroso, e essa recente explosão de raiva era tão estranha e distante da personalidade dele que preocupava seriamente.

Meia hora se passou, depois uma hora, e nenhum sinal da mãe. Billy colocou os pratos sujos na lava-louça e subiu com a irmã.

– Vá tomar banho, Alice. Estarei no meu quarto quando você estiver pronta. A mamãe virá logo, ela deve ter se atrasado no supermercado por alguma razão. Vou continuar esperando ela chegar em casa

– ele sorriu, reconfortando a irmã. – Vá, e não esqueça de escovar os dentes.

Billy foi para o seu quarto e olhou pela janela. Tinha escurecido, e ele procurava na rua os faróis do carro da mãe. "Ela não costuma chegar tão tarde" – pensou, enquanto sentava em frente ao computador. Com o canto do olho, ele viu um movimento na rua. Alguma coisa, ou alguém, estava agachado na calçada ao lado do carro do senhor Pringle. Quem quer que fosse, começou a se mover de uma ponta do carro à outra e, embora não tivesse certeza, ele achou que tinha visto um reflexo de aço.

Será que alguém estava furando os pneus do senhor Pringle? Ele mal havia acabado de apagar a luz de seu quarto para poder enxergar melhor, quando o senhor Johnston, outro vizinho, levantou-se do chão ao lado do carro e tomou o caminho de sua casa. Mais uma vez, Billy achou que viu um reflexo de aço quando o senhor Johnston colocou alguma coisa no bolso, mas ele estava longe demais para saber exatamente o que era. Quando o senhor Johnson se aproximou da porta, Billy ficou chocado com o sorriso maldoso e familiar que ele estampava no rosto. Era familiar porque parecia com a gargalhada que seu pai havia dado um pouco depois de ter gritado tão cruelmente com Alice.

Billy pulou de susto com o som de sua porta rangendo e girou-se em sua cadeira.

Era Alice, de pijama, cheirosa pelo banho. O próprio Billy a elogiou.

Será que ele andava assustado ou o quê? Com certeza não existia essa coisa de "sorriso maldoso" e, imagine só, pular de susto quando a irmãzinha entra no quarto!

E quanto a espiar o senhor Johnston, ele agia feito os bisbilhoteiros que havia visto antes, no mesmo dia, quando a nova família estranha se mudara. E por falar nisso, o que o senhor Johnston fazia lá fora, arrastando-se no escuro pela calçada? Talvez o coitado tivesse simplesmente deixado cair algum objeto na calçada e estava na escuridão tentando encontrá-lo.

– Essa passou perto, Ali – ele usou o apelido carinhoso da irmã e se levantou. – Venha, vou ler uma história, se você quiser, e aposto que antes de terminar a mamãe estará de volta e o papai vai subir para se desculpar.

Mas a mãe não chegou nem depois do final da segunda história. E, embora tentasse bravamente permanecer acordada, Alice pegou no sono um pouco antes do capítulo final e Billy a cobriu antes de sair na ponta dos pés e fechar a porta do quarto dela.

"Isso não é coisa da mamãe" – ele pensou enquanto voltava para o próprio quarto. Ele sabia que o pai não tinha saído da sala de estar, pois ainda ouvia a televisão em volume alto. Ele imaginou se seu pai não achava estranho que a mãe nem tivesse telefonado para avisar que se atrasaria.

Ele consultou o relógio: eram 10 da noite. Agora, ela estava atrasada pelo menos duas horas. Ele se deitou na cama e pegou um livro. Esperaria até às 11. Depois, desceria e procuraria o número do telefone do supermercado para fazer a ligação. Ele sabia que existia um turno da noite, que começava quando a mãe saía. Com certeza alguém seria capaz de lhe informar se ela ainda estava lá. Ele desabou em cima dos travesseiros e começou a ler. Dez minutos depois, ele havia dormido.

## Capítulo 5

# Mamãe Muda de Personalidade

Billy acordou na manhã seguinte com a luz do sol rompendo pela janela e a irmã sacudindo-o com força.

– Billy, acorde, vamos nos atrasar para a escola!

Ele bufou e virou de lado. "Só mais cinco minutos" – ele pensou, incapaz de abrir os olhos.

Mas junto com a luz do sol que penetrava no quarto, também vieram as lembranças da última noite. Ele sentou, esfregou os olhos e olhou para Alice.

– O que aconteceu? A mamãe voltou para casa? Onde está o papai?

– Não sei – falou Alice. – Fiquei com tanto medo de ir ao quarto deles que achei melhor acordar você primeiro.

Billy sentou-se na beira da cama. Ele ainda usava as roupas da noite anterior.

Droga! Ele não podia ter dormido, deveria ter ficado à espera da mãe. Aquela coisa toda era muito absurda. A irmã agora estava com medo de entrar no quarto dos pais! Ele precisava se levantar e esclarecer tudo.

Ele sentiu, porém, que seus passos vacilaram um pouco enquanto caminhava rumo ao quarto dos pais. Não conseguia esquecer o jeito como o pai tinha se comportado na última noite. Alice caminhava lentamente atrás. Ele bateu na porta dos pais. Não houve resposta. Bateu novamente, depois empurrou a porta ligeiramente entreaberta.

Era ela ali, sua mãe estava em casa, dormindo na cama, ao lado de seu pai. Billy virou as costas rapidamente e sorriu para Alice, depois entrou pelo quarto e se ajoelhou ao lado da cama, perto da mãe. Ele tocou no ombro dela delicadamente.

– Mãe – ele cochichou. – Acorde, por favor. A Alice e eu precisamos conversar com você antes de irmos para a escola.

A mãe resmungou e virou as costas para o filho.

– Mãe – ele sussurrou novamente. – Acorde, por favor, é realmente importante.

Sem responder, a mãe empurrou a colcha para trás e se levantou. Pegou o roupão, passou pelos filhos e foi ao banheiro.

Embora sem ter certeza, Billy achou ter sentido um forte cheiro de bebida alcoólica. Alice olhou para a mãe, depois arregalou os olhos para o irmão com desespero e lágrimas nos olhos. Ele tentou tranquilizá-la.

– Está tudo bem, Ali, ela está apenas sonolenta. Vamos descer para tomar café da manhã. Tenho certeza de que ela estará lá embaixo em um minuto.

Ele queria se sentir tão confiante quanto suas palavras soaram. Não fazia ideia do motivo pelo qual a mãe não tinha dito uma palavra. Ela era definitivamente uma pessoa "matinal", sempre cantando, sempre brilhante, a desgraça da maioria das manhãs da vida de Billy.

Ignorar a ambos, sem uma palavra sequer, especialmente depois de chegar em casa tão tarde na última noite, era incomum, para dizer o mínimo.

Billy entregou para Alice o leite que estava na geladeira, que ela misturou com o cereal antes de devolver a ele.

Eles comeram em silêncio, esperando ouvir os passos da mãe descendo a escada, ou (menos provável) a voz carinhosa chamando-os no andar de cima. Mas, nada.

Por fim, Billy retornou ao andar de cima, desanimado, aborrecido e um pouco assustado. Ele encontrou o banheiro vazio e, quando foi até o quarto dos pais pela segunda vez naquela manhã, viu que a mãe tinha voltado para a cama!

– Quer fechar essa droga de porta e parar de fuçar pela casa? – disse o pai bruscamente.

– Mas, pai... – Billy gaguejou. – Você não vai ao escritório hoje?

Como resposta, o pai pegou um pé de sapato e atirou no filho. Errou por pouco, e em vez de Billy, acertou a porta que ele acabara de fechar.

Bem, não foi preciso dizer duas vezes! Assim que tomasse um banho bem rápido e se vestisse, ele sairia de lá. Estava quase pronto para sair, e Alice também. O quanto antes eles se vestissem e dessem o fora dali, melhor.

Cerca de 15 minutos depois, as duas crianças deixaram a casa.

– Vamos para a escola, Billy? – Alice perguntou.

– Sim, vamos à escola. Não se preocupe, vou lhe dar dinheiro para o lanche, e podemos ir à lanchonete tomar suco e comer batatinha frita no recreio.

Billy achou que era melhor manter as coisas da maneira mais normal possível, e faltar à escola certamente não ajudaria muito.

– Encontro com você às quatro horas. Não se preocupe, você não vai voltar para casa sozinha.

Ao fazer esta última afirmação, Billy pensou como soava ridículo dizer "você não vai voltar para casa sozinha". O lar sempre é um porto seguro, embora eles estivessem fugindo da casa deles naquela manhã. Ele jurou que iria fundo para saber o que estava acontecendo quando voltassem para casa, e apertou a mão de Alice para tranquilizá-la antes de ir para sua classe.

Billy puxou sua cadeira perto de Alex e se virou para cumprimentar o amigo.

– Caramba, Alex, você parece quase tão mal quanto eu. Não dormiu a noite passada?

Alex deu de ombros.

– Péssima noite, Billy. Minha mãe e meu pai tiveram uma briga muito feia, horrível, e não consegui pegar no sono. E tem mais: eles ainda brigavam de manhã, e tentaram me envolver! Quase não consegui dar o fora a tempo.

Ele balançou a cabeça, lembrando. – As coisas que eles disseram um para o outro, eu nunca tinha ouvido minha mãe e meu pai conversarem assim antes. Foi realmente feio, uma baixaria. E depois, no caminho para a escola esta manhã, eu vi os novos moradores que se mudaram no final da rua. São muito esquisitos. Mesmo assim, achei que as crianças talvez viessem para esta escola. Então, ofereci-me para acompanhá--las, se quisessem companhia, alguém para lhes mostrar as coisas básicas, entende o que eu quero dizer?

Billy concordou.

– Então, a mãe deles me olhou como se eu estivesse falando uma língua estrangeira e depois chiou comigo: "Vá embora" – foi isso o que ela disse – "Vá embora, garoto, não queremos gente do seu tipo por aqui. " Então, o menino, Rufus, eu acho que ela o chamou assim, chutou a minha canela! Ele me chutou, acredita? E quando eu me virei, vi que a garota e a mãe estavam rindo!

Ele sacudiu a cabeça.

– Eu só estava tentando ser agradável. Eu juro, Billy, tem alguma coisa estranha acontecendo por aqui. Talvez alguém tenha colocado alguma coisa na água... Mas o que quer que seja, não estou gostando.

Billy não sabia o que dizer. Contou a Alex que também estava tendo problemas estranhos, mas nesse exato momento a porta da sala de aula abriu e o professor chegou.

– Converso com você no recreio – ele disse, abrindo a mochila e pegando seus livros.

O professor Stirling sentou-se em sua cadeira e olhou para os meninos e as meninas que haviam sentado antes dele. Em vez do habitual "bom-dia", ele não disse nada. Colocou as mãos atrás da cabeça e os pés em cima da mesa.

Alguns garotos começaram a rir, achando que ele estava fazendo alguma brincadeira, mas muitos alunos ficaram um pouco confusos. Em seguida, ele pegou um maço de cigarros do bolso do casaco e acendeu um.

– Quem não gostar pode sair – ele anunciou, surpreendendo a quase todos.

Ele estava fumando em plena aula! Os professores não podiam fumar em parte alguma da escola, ainda mais dentro da sala de aula...

Billy e Alex, que vinham presenciando eventos estranhos desde a noite anterior, provavelmente foram os menos afetados pelo que o senhor Stirling estava fazendo. Ambos simplesmente guardaram seus livros nas mochilas e saíram da classe.

Nos corredores, reinava o tumulto. Em vez de estarem calmamente sentados em suas salas de aula, os alunos estavam por toda parte.

Alex procurou recolher bastante informação com alguns deles, e ficou sabendo que apenas 4 de 26 professores tinham comparecido ao trabalho naquela manhã, que o diretor estava cambaleando bêbado em sua sala, e basicamente todas as crianças estavam livres para fazerem o que quisessem.

## Capítulo 6

# O Caos se Espalha

Billy foi para o corredor onde ficava a sala de aula de Alice. Ele a encontrou perambulando sem destino, tomando suco e comendo batatinha. Então, buscou-a, e as três crianças deixaram a escola juntos.

Ricky estava do lado de fora, no parquinho, mas estava bastante agitado.

– Algo errado com você, Rick? – perguntou Alex.

– O que há de errado? – balbuciou Ricky. – Olhem isto... – e ele mostrou uma mochila esfarrapada, detonada. – Minha mãe comprou uma mochila nova para eu começar o semestre, e algumas outras crianças da classe acharam que seria uma grande diversão arrancá-la de mim. Eles me deixaram com este lixo! Todo o meu dinheiro estava nessa mochila. Minha mãe vai me matar. Mas, na verdade, não havia nada que eu pudesse fazer. Eles me dominaram.

– Quem fez isso? – perguntou Alice, com as mãozinhas na cintura.

– Esse é o problema – replicou Ricky. – Os dois líderes eram os meus melhores amigos até esta manhã. Acho que parte da razão para eu não revidar foi o choque, a surpresa...

Nesse momento, os agressores passaram correndo, puxaram a mochila de Ricky por cima da cabeça de todos eles e seguiram dando gargalhadas.

– Ei, Ricky, obrigado pela mochila – um deles gritou. – Mas não vamos precisar disso.

Ele pegou uma lata de refrigerante de dentro da mochila e atirou-a na cabeça de Ricky. Ela acertou o alvo: a dura lata atingiu o supercílio do garoto.

– Ai! – ele gemeu, colocando a mão na cabeça.

O sangue jorrou do corte. Billy procurou desesperado um lenço nos bolsos para estancar o sangue, enquanto Alex corria atrás dos garotos, gritando para eles pararem. Mas eles só riam e gritavam palavrões.

– Vai querer levar o mesmo? – gritou um deles. Alex decidiu que era melhor se afastar, caso eles tentassem algum outro tipo de truque.

Ele desistiu e se juntou a seus amigos.

– Está tudo bem, Ricky? – perguntou, notando que o lenço estava repleto de sangue.

– Sim, estou bem. Talvez seja melhor falar com o diretor ou com um dos professores sobre este assunto.

– Nem pensar – disse Billy ironicamente. – Afinal de contas, o diretor está bêbado, e os professores que deveriam dar aula esta manhã nem se importaram com o que acontecia conosco.

Ele olhou para o relógio. Eram nove e meia da manhã. Desde às quatro da tarde de ontem parecia que a cidade toda tinha ficado completamente maluca.

Ele realmente não sabia o que fazer, mas sabia que o pequeno grupo ao redor dele estava precisando de orientação. Eles precisavam de um líder e, gostando ou não disso, ele estava começando a liderá-los, embora sem ter absolutamente nenhuma ideia do que fariam ou para onde iriam.

Por fim, foram para o parque local, depois de pararem no meio do caminho para comprar mais batatinha e suco. Na hora em que chegaram, todos estavam de volta à vida normal. As pessoas brincavam e riam, e se comportavam quase como se nada de inconveniente tivesse acontecido.

O parque estava cheio. Obviamente, outras crianças tiveram a mesma ideia que eles.

A área de balanços do parque, destinada às crianças menores, ficava isolada do resto. Mas naquele dia isso não impediu a entrada de crianças mais velhas. Elas brincavam nos balanços construídos para crianças com menos da metade da idade delas. A gangorra quebrou porque ao menos dez crianças subiram nela, e dois garotos iam pintar o escorregador com tinta vermelha, para que a próxima criança que escorregasse ficasse toda manchada.

O barulho da bagunça das crianças era absolutamente insuportável.

– Acho que não foi uma boa ideia – disse Alice, olhando para Billy.

Ele concordou acenando com a cabeça.

– Vamos para outro local. Deve existir algum lugar um pouco mais tranquilo.

E então, seguiram para o museu, e se reuniram em um canto ao lado de uma exposição de fósseis.

Não havia nenhum atendente do museu quando eles chegaram (mas isso não surpreendeu. Na verdade, quase nada mais os surpreendia) e nenhum outro morador da cidade tinha achado necessário visitar o museu naquele dia (também não foi surpresa). Então, eles simplesmente caminharam para um lugar calmo, onde não seriam incomodados.

– Certo – disse Billy –, aqui estão os fatos desagradáveis:

1. A nossa mãe e o nosso pai – ele olhou para Alice – ficaram inexplicavelmente malucos.

2. Os pais de Alex também ficaram malucos, e ele foi chutado na canela pelos novos vizinhos.

3. Tanto a senhora Millfield como o senhor Johnston agiram de modo estranho.

4. A escola também virou uma completa piada, onde animais selvagens circulam livremente e atiram latas de refrigerante na cabeça das pessoas.

5. Nenhum de nós faz qualquer ideia do que esteja acontecendo e nem do que temos a ver com isso.

– Eu reparei em mais uma coisa – afirmou Alice.

Os garotos olharam para ela.

– Pelo que sabemos, parece que só nós quatro estamos nos comportando normalmente. Se vocês olharem bem, todas as demais pessoas estão agindo de forma espantosa desde ontem à tarde, como o Billy disse, exceto nós.

Os garotos digeriram esse pedaço de informação, e concordaram com o que Alice dizia.

– Então, no que você está pensando? – perguntou Ricky.

– Como é mesmo aquele ditado? – ela olhou para o irmão. – Vamos dançar conforme a música...

– Você quer dizer para também nos comportarmos como lunáticos? – Billy olhou para ela interrogativamente.

– Bem, sim! Quer dizer, pelo menos até descobrirmos o que está acontecendo.

Ela olhou para os outros, que permaneceram em silêncio. Abriu um pacote de batatinha e atirou uma na boca.

– Isso é, claro, a não ser que alguém tenha alguma ideia melhor.

## Capítulo 7

# Mais Confusão

As coisas estavam piorando cada vez mais.

Quando as crianças voltaram para casa, o pai delas estava tendo uma briga séria no jardim com o pai de Ricky. Sabendo que provavelmente só pioraria a situação se tentasse pacificar os dois adultos, Billy simplesmente passou por eles e entrou na casa, levando Alice com ele. A mãe estava sentada na sala com as pernas cruzadas.

"Obviamente ela não foi ao trabalho hoje..." – Billy pensou, achando melhor não expressar seus pensamentos.

Ela ignorou os filhos quando eles surgiram na sala. Em vez disso, concentrou-se na revista que segurava nas mãos.

Em volta da cadeira havia ao menos quatro xícaras de café, e pacotes vazios de biscoitos. O cigarro que segurava nas mãos (ela tinha parado de fumar há mais de dez anos) ela rebatia despreocupadamente no tapete, e um montinho de cinzas já começava a surgir bem na frente de onde ela estava sentada.

Alice virou-se, saiu da sala e foi para a cozinha. Billy a seguiu.

Eles fizeram um monte de sanduíches de queijo, tomate e creme de amendoim, prepararam copos de leite e pegaram alguns biscoitos de chocolate, empilharam tudo em uma bandeja e subiram.

Ao chegarem lá, perceberam que no quarto quase não havia espaço suficiente para se mexerem. Por onde olhavam, eles viam pilhas de CDs, vídeos, caixas de livros e uma ampla variedade de relógios atirados despreocupadamente em um grande saco plástico e, ainda, xícaras e xícaras de café.

As coisas se espalhavam a ponto das crianças não saberem mais para onde olhar.

– Mas que diabos...? – resmungou Billy.

Eles trataram de ir para o quarto de Billy e, pela janela aberta, puderam escutar que a briga entre o pai deles e o pai de Ricky ainda continuava feroz. Alice olhou para fora, por trás da cortina, e notou que o nariz de seu pai estava sangrando.

Uma pequena multidão de vizinhos tinha se formado, mas, em vez de tentarem parar a confusão, as pessoas gritavam palavras de incitamento e provocação para os dois homens.

O pai de Ricky estava furioso.

– Esses relógios eram meus – ele gritava.

– Eu os vi primeiro. Você não tinha o direito de pegá-los dos Lawsons.

– Os Lawsons! São os joalheiros da cidade, não é mesmo? – Billy olhou para a irmã em busca de confirmação.

Alice concordou, ainda sem entender o que estava acontecendo.

– Quem chega primeiro é atendido primeiro – gritou de volta o pai de Billy e Alice, empurrando o pai de Ricky de modo a fazê-lo tropeçar e cair em cima de uma pequena cerca que separava os dois jardins.

– Se não estivesse tão decidido a saquear a loja de câmeras, você podia ter chegado antes de mim, mas eu fiquei com tempo de sobra nas minhas mãos, e você, não.

Ele riu a valer da própria piada.

O pai de Ricky se recuperou em seu próprio jardim e socou o chão furiosamente. A multidão vibrou, parecendo gostar mais da briga quanto pior ela ficava.

– Haverá um dia frio no inferno antes que eu volte a falar com você, Ritchie Thomson! – disse-lhe o pai de Billy.

E com isso ele se virou e caminhou para sua casa.

Alice olhou para Billy com os olhos arregalados.

– Eles roubaram todas essas coisas? – ela perguntou. – Isso significa que eles estavam brigando pelo saque que fizeram nas lojas?

Billy concordou.

– É o que parece, Ali. Venha cá, saia da janela, temos que conversar a respeito disso.

Quando puxou Alice de volta, Billy percebeu que Rufus, sua irmã e seus pais estavam no meio da multidão. Eles se destacavam dos demais, principalmente por duas razões:

1. Estavam vestidos de preto da cabeça aos pés, apesar do calor do verão, e

2. Eram os únicos membros da multidão que não zombavam. Eles apenas ficavam sorrindo em silêncio.

Billy achou que a família podia ter olhado na direção deles, mas não tinha certeza. Ficou tão incomodado a ponto de puxar as cortinas da sala antes que ele e a irmã sentassem e tentassem comer.

Alice fez uma última tentativa corajosa de acabar com seu sanduíche.

– Isso não é bom, Billy – ela disse. – Eu simplesmente estou sem nenhum apetite.

Billy terminou de tomar seu leite. – Sei o que você quer dizer – ele disse, embora tivesse conseguido devorar três sanduíches e dois biscoitos de chocolate!

– O que vamos fazer agora? – ela perguntou, olhando para o irmão.

## Capítulo 8

# Surge um Plano

Eles ficaram em silêncio durante a refeição, se é que aquilo poderia ser chamado assim, e Billy foi capaz de colocar ordem em seus pensamentos.

– O que eu percebo – ele começou – é que todas essas coisas malucas começaram no dia em que Rufus e sua família esquisita mudaram para a cidade. Eu acho que existe alguma conexão entre isso e o que está acontecendo, e também acho que se quisermos algumas respostas, teremos que ir até lá e verificar a casa deles.

Alice arregalou os olhos.

– Você quer dizer dentro da casa? – ela perguntou. – Não podemos fazer isso, eles podem nos pegar.

Billy balançou a cabeça. – Vamos antes fazer o reconhecimento em volta do local, para ver se conseguimos encontrar alguma pista. Quem sabe. Vamos aqui do lado chamar Ricky, depois seguimos para a casa do Alex.

No caminho, as crianças foram paradas no corredor pela mãe.

– Onde é que vocês pensam que vão? – ela perguntou. – No Clube da Juventude da Igreja?

O rosto dela se retorceu quando ela jogou a cabeça para trás e riu histericamente sem nenhuma razão aparente.

– Guia de garotas? Escoteira? – ela riu novamente.

– Não vou a lugar nenhum com ela, pode ter certeza – disse Billy.

Ele empurrou Alice.

– É mesmo boazinha demais para o meu gosto, sempre esperando para fazer boas ações e realizar sua missão com pessoas velhas e desamparadas. Ela é patética.

Alice olhou para o irmão, chocada.

Quando a mãe jogou a cabeça para trás e riu novamente, Billy piscou rapidamente para Alice, que de repente entendeu o que ele estava fazendo.

– Não escute esse idiota, mãe. Ele não sabe o que está falando. Esses dias têm sido demais. Vou até a cidade para ver se não sobrou nenhum tênis decente do meu tamanho. Isto é, se a loja de sapatos já não tiver sido saqueada!

A mãe sorriu e afagou o braço da menina.

– Essa é a minha garota... Eu sabia que você não me decepcionaria! Faça um bom passeio, e boa caça!

Billy piscou novamente para a irmã, enquanto a mãe os deixava para voltar a sentar-se na mesma posição na sala.

– Parabéns, irmãzinha – ele cochichou. – Ganhou o dia.

Alice sorriu e seguiu caminho entre o lixo espalhado no chão da cozinha.

Normalmente uma pessoa muito certinha, a mãe parecia ter sofrido uma completa reversão em todos os aspectos de sua personalidade. Embalagens vazias que antes guardavam refeições para serem aquecidas no micro-ondas simplesmente tinham sido descartadas e atiradas de forma aleatória no chão. Garrafas vazias se juntavam à confusão, assim como a louça imunda que transbordava da lava-louças.

As duas crianças saíram o mais rápido que podiam e seguiram para a casa ao lado. Eles bateram duas vezes sem obter qualquer resposta. Por fim, a mãe de Ricky respondeu.

– Quem é? – foi só o que ela disse quando viu as crianças na entrada.

– Queremos falar com o Ricky – disse Billy.

Os olhos dela estavam frios.

– O Ricky está de castigo – ela disse antes de bater a porta na cara deles, quase prendendo os dedos de Alice no batente.

– De castigo! Bem, essa é uma grande notícia – disse Billy sarcasticamente enquanto deixavam a soleira da porta. – Gostaria de saber o que ele fez para merecer isso.

– Psiu – disse Alice. – Eu ouvi alguma coisa.

As duas crianças ficaram paradas e, então, ouviram o barulho novamente. Era uma batida fraca, podia ser ouvida no jardim. Mas de onde vinha? Alice olhou rapidamente para a janela do quarto de Ricky. Não havia ninguém ali.

– A garagem do jardim, Billy, o barulho está vindo da garagem do jardim.

Felizmente, a chave havia sido deixada na fechadura e eles destrancaram a porta depressa. Embora estivesse muito escuro ali, eles conseguiram perceber que Ricky estava sentado no outro canto da garagem, com os olhos cheios de lágrimas, ainda batendo na parede com o sapato. Alice correu e se ajoelhou ao lado do amigo.

– Oi, Ricky, você está bem? O que aconteceu? Quem trancou você aqui?

Ricky olhou para ela.

– Estou contente que você esteja aqui, Alice. Achei que ficaria trancado para sempre! – ele arrepiou-se. – A minha mãe e o meu pai me trancaram aqui. Vocês acreditam que eles fizeram isso comigo? E sem nenhum motivo.

Ele enxugou os olhos.

– Eu sei que vocês estão me achando um bebê – ele disse para ambos –, mas estou com muito medo. Além da escuridão, quando está tudo calmo eu posso ouvir nitidamente as coisas que estão acontecendo.

Ricky estremecia só de pensar nos escaravelhos, essas horríveis criaturas pegajosas que podiam estar à espreita na garagem, apenas aguardando para formigar pelas pernas de suas calças compridas, por seu nariz ou por seus ouvidos. Ele se preparou e continuou.

– Resolvi bater na parede, pois esperava espantar esses insetos assustadores para longe de mim. Mas sabem o que é o pior?

Ele olhou para ambos com olhos desesperados.

– O pior de tudo é que minha mãe sabe o quanto eu tenho medo de bichos assustadores, seja pela aparência, seja pela forma. Ela sabe disso e ainda assim deixou meu pai me trancar aqui. Na verdade, ela o ajudou a fazer isso.

Billy ofereceu a mão para o garoto se levantar.

– Sua mãe não está sendo ela mesma, Ricky. Eu não acho que ela, nem ninguém mais na cidade, sabe exatamente o que está fazendo. Venha, vamos dar o fora daqui antes que eles nos encontrem. Temos que ir fundo nessa história antes que alguém realmente se machuque.

Eles saíram da garagem escura e trancaram a porta. Billy caminhou na frente e Alice ficou na ponta dos pés para cochichar no ouvido do amigo.

– Eu não acho que você seja um bebê, Ricky. Acho que você é uma das pessoas mais corajosas que eu conheço.

Ele sorriu agradecido e, então, os três caminharam para a casa de Alex.

## Capítulo 9

# O Livro

Ainda não estava totalmente escuro, mas o crepúsculo havia começado, e isso dava uma aparência misteriosa à fachada da casa dos novos vizinhos. A placa que havia sido afixada na porta, bem em cima da campainha, dizia: "Grimaldi".

– A família Grimaldi – disse o Billy. – Gri-*mal*-di, é claro, eles têm maldade até no nome.

Ele abriu a mochila que tinha levado e esvaziou todo o seu conteúdo.

– Máscaras de Dia das Bruxas! – exclamou Alex. – Vamos brincar de gostosuras ou travessuras com os Grimaldi?

Cada um deles pegou uma máscara, olhando curiosos para o Billy.

– Não, Alex, não vamos brincar de gostosuras ou travessuras. Nós vamos nos disfarçar, é isso o que *faremos*. Como você pode perceber, somos as únicas pessoas na cidade não afetadas pelo que está acontecendo. Ficando anônimos, nós temos muito mais chances de descobrir o que está fazendo todo mundo ficar tão malcriado, e provavelmente ainda dar um jeito de parar de vez com isso. Colocando estas máscaras, podemos ser qualquer um, entendeu? Podemos apenas ser algumas crianças bagunceiras que saíram à noite para assustar as pessoas ao pularmos em cima delas. Só *nós*, é claro, sabemos muito bem quem somos. Nós somos os vigilantes!

– Os vigilantes! – Alice suspirou. Ela adorou como isso soou, tão romântico. O quarteto não apenas salvaria a cidade, mas possivelmente até o próprio mundo!

A voz de Alex trouxe-a de volta à realidade.

– Tudo bem, então, Billy. O que você quer que a gente faça?

– Precisamos espionar, por enquanto, eu acho – replicou Billy. – Vejam primeiro o que podem encontrar no chão, depois tentem as janelas. Alice e eu vamos ver os fundos da casa e vocês dois vão pela frente. Em 15 minutos nos reunimos de novo na casa do Alex. Tudo bem?

Todos concordaram.

– Máscaras no rosto, e tomem cuidado.

Billy e Alice foram furtivamente para trás da casa. Ele colocou a cabeça de um homem de 70 anos de idade, junto com peruca e barba totalmente brancas, e ela ostentava uma deslumbrante cabeça de palhaço com peruca roxa encaracolada. Por alguma razão o sorriso no rosto do palhaço parecia só um pouquinho fantasmagórico sob a enfraquecida luz do crepúsculo.

Ao chegarem no jardim dos fundos, alguma coisa se esfregou na perna de Billy e o fez ficar ofegar te. Foi difícil não gritar. Brilhando abaixo dele, dc olhos verdes arregalados o olhavam fixamente. Era um gato preto, de pelo eriçado, garras afiadas e pronto para atacar. Tudo aquilo era assustador demais para ser expresso em palavras: casas escuras, gatos pretos, qual seria a próxima surpresa? Ele apertou as costas contra a parede e continuou caminhando pela beirada para os fundos da casa. O gato permaneceu imóvel, sem desviar seus olhos verdes de Billy nem por um instante.

O chão e os jardins que rodeavam a casa dos Grimaldi pareciam bastante inocentes, mas Billy não sabia realmente o que devia procurar. Cadáveres? Imaginou se talvez não estavam fazendo um pouco de melodrama a respeito de todo o caso, mas depois lembrou do comportamento dos pais e de todas as mercadorias roubadas que estavam em sua casa, e concluiu que não estava mesmo.

Ele podia ver Alice na ponta dos pés entrando em um dos quartos. Olhou para o outro quarto, mas todas as luzes estavam apagadas e não era possível ver nada. Ele caminhou para se juntar a Alice.

– Não enxergo nada – ela cochichou –, mas ouço vozes.

Billy também escutou e, nesse exato momento, uma luz foi acesa no andar de cima, iluminando até a parte mais distante do jardim. As crianças fizeram um silêncio mortal, morrendo de medo até de respirar. A janela do andar de cima estava ligeiramente entreaberta, mas eles não conseguiram escutar exatamente o que estavam dizendo.

Eles podiam ouvir as vozes da mãe e do pai, mas tiveram que se esforçar para entender algumas palavras estranhas.

– Quase pronto... Vire essa página... Mais quatro...

– Isso não é bom, Billy – disse Alice calmamente. – Vou ter que subir para ver.

Billy olhou para ela apavorado. Alice não estava mais olhando para ele, mas em vez disso olhava fixamente para o cano que subia de onde eles estavam até o topo da casa.

– Nem pensar, Alice – o irmão respondeu. – Não existe jeito de você subir por aí. Eu sei o quanto você gosta de escalar, sei como você é ágil, mas não estamos falando de árvores. Estamos falando de canos, estamos falando da família Grimaldi. Como você acha que eles vão reagir quando virem uma criança usando uma máscara de palhaço bisbilhotando na janela?

Alice não respondeu imediatamente. Ela retirou a atenção da calha e virou para o irmão.

– O que você sugere então, Billy? Chegamos até aqui. Acha justo desistir e voltar para junto da mamãe e do papai, em nossa casa cheia de mercadorias roubadas? – ela falou. – Somos vigilantes! Será que você não vê? Temos a chance de descobrir já o que está acontecendo com a nossa família e com os nossos amigos. Talvez, Billy, esta seja a nossa chance de fazer a diferença. Talvez possamos fazer com que toda essa maldade pare de se espalhar.

Billy pensou por um momento, primeiro olhou para a irmã, para o cano, e depois virou-se para Alice de novo.

Ela estava certa, é claro, e ambos sabiam disso. Talvez aquela fosse a única chance que eles teriam de tentar recolocar as coisas nos eixos.

– Tudo bem, Alice, se você tem certeza de que consegue fazer isso. Vou ficar bem atrás de você. Dando o maior apoio, na verdade – ele sorriu, porém ela não conseguiu ver esse sorriso atrás da máscara. – Vá em frente – ele afagou o ombro dela –, mas tome cuidado.

## Capítulo 10

# A Investigação de Alice

Alice virou-se e colocou ambas as mãos no cano. Então, usando a habilidade que ela tinha praticado tantas vezes antes, mas em missões muito menos perigosas, como fugir do Ricky, ela enrolou os pés em volta do cano o máximo possível e começou a subir.

Billy ficou observando com a respiração acelerada, admirado, como sempre, com a agilidade e a força de sua pequena irmã, e cruzou os dedos da mão direita fortemente. Agora, as vozes eram mais altas, e Alice estava quase no nível da janela. O cano passava ligeiramente à direita dela, e Alice tinha que se curvar para ter uma visão clara do interior do quarto.

Os filhos dos Grimaldi não estavam ali, só os adultos, sentados lado a lado, junto a uma grande mesa de carvalho. Em cima da mesa estava o maior livro que Alice já tinha visto. Era encadernado em couro preto, e exibia as palavras "A Colheita das Almas", e depois, embaixo, "Glosserton", o nome da cidade deles.

Quando os esqueléticos dedos do senhor Grimaldi abriram o livro, Alice pôde ver que cada página estava cheia de colunas com palavras manuscritas.

Ela não pôde deixar de notar que o casal ainda estava completamente vestido de preto, e imaginou se eles não achavam o ar da noite quente demais para se vestirem daquele jeito.

O senhor Grimaldi virava as páginas do livro "avidamente", como Alice depois descreveria a ação para Billy, porque de fato essa parecia a única palavra adequada para ela usar. Com o dedo, ele percorria cada coluna, apontando coisas para a esposa. Ela também parecia muito animada, quase virando as páginas do livro por si mesma, como se o marido não fizesse muito rapidamente.

A princípio, Alice não conseguia entender o que estava sendo dito, nem encontrar qualquer sentido para aquilo. Para ela parecia, porém, que o senhor Grimaldi estava falando a respeito de agricultura, por causa das palavras que usava.

– E então, como você pode ver, minha querida, nós aramos o campo, as sementes foram lançadas, e agora estamos quase na época da colheita.

Alice aproximou o rosto ainda mais perto da janela e conseguiu ver que cada coluna continha uma longa lista de nomes, alguns dos quais lhe eram familiares.

A senhora Millfield estava lá, assim como o senhor Johnston, Alice também reconheceu o nome de alguns professores da escola, e então, chegou a vez do nome do pai dela. O senhor Grimaldi pegou a caneta. Ele usava uma daquelas longas penas enfeitadas, que mergulhava em um tinteiro, antes de acrescentar o nome de Jennifer Thomson, a mãe de Alice, ao livro.

A senhora Grimaldi bateu palmas animadamente.

– Agora só falta pegarmos aquelas duas crianças impertinentes desse casal e estamos quase lá! – ela disse satisfeita.

Alice viu que faltavam apenas quatro espaços em branco a serem preenchidos no livro.

"Eles devem estar esperando por *nós* quatro, então, o livro vai estar completo!" – ela pensou apreensiva.

A senhora Grimaldi se levantou e Alice afastou a cabeça, esperando não ser percebida. A mulher escancarou a janela, quase atingindo um dos cachos loiros de Alice, e contemplou feliz da vida o céu noturno.

– Veja, querido – ela disse ao marido. – Eles estão aguardando pacientemente a colheita, esperando e assistindo, enquanto nós os ajudamos a ceifar mais almas.

De sua posição no chão, Billy podia ouvir cada palavra que a voz da senhora Grimaldi pronunciava naquela noite. Acompanhando a contemplação dela, ele olhou em direção ao céu e ficou tão ofegante que teve medo de ter sido ouvido. Ali, pairando acima do chão, como se realmente estivesse aguardando para colher a safra, as *almas* daquelas pessoas do bem, estava o Ceifador.

O rosto que Billy só tinha visto em livros e filmes era ainda mais repulsivo do que na representação. Ele estava mais aterrorizado como jamais estivera em toda sua vida. O capuz do manto preto do Ceifador emoldurava um rosto grotesco com profundas olheiras enegrecidas, pálido e esquelético como uma caveira. A princípio, seus olhos pareciam pretos e cegos, mas o Ceifador dirigiu seu olhar implacável para o trêmulo garoto, e Billy viu que as demoníacas pupilas dele eram de cor escarlate e ardiam feito brasas brilhantes.

Os olhos pareciam queimar direto na alma de Billy. Ele estremeceu: aquilo era muito pior do que ele poderia ter imaginado. Ele olhou para o lado. Alice ainda mantinha sua posição no cano e, quando a senhora Grimaldi entrou novamente, ela teve a oportunidade de escorregar de volta para baixo, para a relativa segurança do chão.

Lá embaixo, Billy segurou a mão dela.

– Corra! – ele cochichou com urgência. – Depressa, Alice, temos que dar o fora daqui, agora!

Alice seguiu o olhar do irmão quando ele olhou para cima. Da calha, ela não tinha visto o Ceifador, mas agora sim, e logo compreendeu tudo. Um gritinho de pavor escapou de seus lábios e Billy a puxou para longe da casa. Ao olhar para trás rapidamente para verificar se a família Grimaldi não os tinha visto, ele viu que o céu estava cheio de Ceifadores, assistindo e esperando. Ele nunca teve certeza se fora imaginação ou não a visão daquelas caveiras sorrindo.

## Capítulo 11

# A Procissão

As duas crianças se atiraram na varanda de Alex, quase sem fôlego, e desabaram. Alex e Ricky já estavam lá. Billy e Alice tiraram suas máscaras.

– Vocês estão bem? – Alex perguntou.

Billy meneou a cabeça.

– Mais ou menos – ele replicou. – Você viu alguma coisa lá fora?

Agora que podia ver o amigo mais claramente sob a luz da varanda, Billy viu que ele estava tremendo. Ricky também não parecia bem.

– Quer saber se também vimos o que você viu no céu? Como estamos apavorados!

Alex concordou com a cabeça.

– Não vou mais sair hoje à noite, por motivo de segurança. Na verdade, todos vocês são muito bem-vindos para passarem a noite aqui, isto é, se não se importarem de dormir no chão.

– Um chão duro é muito mais atraente do que o que há lá fora... – disse Ricky. – Definitivamente eu vou aceitar a sua oferta.

Acho que seria melhor se todos nós ficássemos juntos essa noite. Simplesmente não é nada seguro sair daqui – Billy falou.

– Será que ainda vamos encontrar alguma coisa lá fora? Será que sabemos o que tudo isso significa? – perguntou Alex.

Alice, tremendo não só por causa do frio, mas também pelo medo, relatou o que tinha visto no quarto do andar de cima da casa dos Grimaldi.

– Então, como vocês podem ver – ela concluiu –, esse livro parece conter o nome de todas as pessoas que foram afetadas pela propagação da maldade. Elas se tornaram desagradáveis, no mínimo, e a alma delas já está pronta para os Ceifadores colherem. Só tem um problema: parece que eles não podem fazer nada enquanto os nomes de todos os moradores não estiverem no livro, e isso significa que eles precisam de nós quatro.

Ricky automaticamente verificou se a porta da varanda estava trancada.

– Então, o que podemos fazer? – perguntou Alex.

Billy suspirou.

– Não deixar que eles nos persigam, no mínimo – ele disse. – E nós também temos que pensar em como vamos impedir que essa tragédia destrua a nossa cidade. Pelo que eu entendo do assunto, o Ceifador só aparece quando alguém está prestes a morrer. Mas a alma de uma pessoa só pode ser levada (ou *colhida,* como eles dizem), se ela já estiver morta. Então, será que é isso o que eles planejam fazer: aniquilar toda a cidade?

Essa reflexão muito sensata mergulhou todos em um silêncio profundo, e eles ficaram calmamente sentados por um tempo, cada um perdido em seus próprios pensamentos.

Mas um forte estrondo vindo do lado de fora logo quebrou o devaneio de todos. Eles escancararam a porta, ousando ver o que estava acontecendo.

– Uau! – exclamou Billy. – Parece uma cena do *Flautista de Hamelin.*

Os dois pequenos Grimaldi marchavam no meio da rua seguidos praticamente pelo que parecia ser a cidade inteira. As duas crianças mantinham os olhos fixos em um foco na frente, enquanto os moradores que os seguiam cambaleavam sob o peso das mercadorias que carregavam.

O barulho da multidão era incrível. Alguns gritavam, outros falavam palavrões para pessoas que antes eram seus amigos, outros ainda brigavam pelo conteúdo das caixas. Alguns se separavam da multidão e calmamente atiravam grandes pedras nas janelas ou na porta das casas. Às vezes, passavam pelos vidros quebrados e roubavam tudo o que conseguiam carregar com as próprias mãos, se gostassem de alguma coisa.

– Essa não! – disse Alex, cobrindo os olhos. – Os meus pais estão ali.

– Isso não é tudo – disse Billy, apontando para o homem que caminhava bem atrás dos filhos dos Grimaldi na procissão. – O padre!

Embora achassem que já estavam chocadas o bastante, as crianças ficaram mais atordoadas. Se aquelas pessoas tinham o padre em suas garras, que chance elas teriam de escapar?

Alex fechou a porta para o bizarro carnaval e a trancou.

– Bem – ele disse –, vamos olhar para o lado bom. Se os meus pais estão na procissão, então, parece que teremos algumas camas vazias hoje à noite. Podem esquecer o chão duro!

Agora que era seguro fazer isso, as crianças foram para a parte principal da casa e trancaram todas as portas e janelas. Eles levaram sacos de dormir para baixo e decidiram que seria melhor se todos ficassem juntos no mesmo local. Eles sentaram para conversar por um tempo, porém Billy não parecia ter muita coisa para dizer.

– Algo errado, Billy? – perguntou Alice. – Você parece muito calmo.

– Tudo bem – ele respondeu. – Estou apenas tentando pensar no que podemos fazer.

– E então? – perguntou Alex.

– Tudo o que me ocorre é que precisamos nos livrar do livro de qualquer maneira. Vocês sabem, o livro que a Alice viu. Parece que ele tem um papel importante nisso: assim que estiver cheio, os Ceifadores podem agir, e os nossos nomes não podem ser acrescentados enquanto não tivermos sido "infectados" pelos malvados à nossa volta. Acho que se conseguirmos nos livrar do precioso livro dos Grimaldi, então, os Ceifadores vão desistir e irão embora para outro lugar onde as pessoas estejam prontas para ceder suas almas com um pouco mais de boa vontade do que nós.

– Mas como conseguiremos fazer isso? – perguntou Alex. – Como vamos entrar naquela casa, e ainda roubar o livro?

– Eu não disse que vamos *roubar* – falou Billy. – Eu disse que vamos nos livrar do livro, talvez queimá-lo.

– Eu vou fazer isso – disse Alice calmamente.

Os três garotos se viraram e olharam para ela.

– O que você acabou de dizer? – perguntou Billy.

– Eu disse que vou fazer isso – ela repetiu.

– Não vai mesmo! – protestou seu irmão. – Isto é definitivamente perigoso demais para você. Já fiquei muito mal da última vez que permiti que você escalasse o cano e observasse pela janela. Mas *entrar* na casa, você deve estar brincando!

– Billy – Alice falou num tom de voz mais firme desta vez –, diga-me, como vocês pretendem entrar lá sem os Grimaldi os verem? Como estou lhes dizendo, é impossível, e todos nós sabemos por quê. Só existe um jeito de entrar na casa, e é pela janela que eu fiquei olhando. Você pode até ficar lá fora e esperar por mim, se isso faz você se sentir melhor, mas estou dizendo que eu vou entrar.

Ela levantou a mão para interromper os protestos do irmão.

– Billy, eu vi o nome do nosso pai nesse livro, lembra? E depois eles acrescentaram o nome da mamãe. Isso significa que eles estão prontos para levar a alma deles, e eu simplesmente não posso deixar isso acontecer. Tudo o que eu puder fazer para evitar que isso aconteça, vou fazer, e você não tente me impedir.

Alice terminou de falar e mordeu os lábios para não chorar.

– Ela está certa, você sabe – disse Ricky. – Ela tem todo o direito de ficar preocupada e de querer ajudar.

– Eu sei, eu nunca disse que ela não devia ajudar. Só estou preocupado com ela, com o perigo que existe lá fora.

Alice olhou nos olhos do irmão sem nenhum sinal de emoção. Muito pelo contrário, mostrava no rosto uma determinação de aço. Billy já tinha visto esse olhar antes, e sabia que Alice havia tomado uma decisão. Quando ela ficava assim, nada poderia fazê-la mudar de opinião.

– Tudo bem, Alice – ele levantou as mãos rendendo-se –, você venceu. Mas sabe que terá que ser realmente muito rápida, entre e saia, não temos muito tempo.

Isso porque, embora as crianças tivessem visto os Ceifadores e os Grimaldi seguirem a tortuosa procissão, não sabiam quanto tempo eles demorariam para voltar.

– Temos que ir agora – continuou Billy –, antes que seja tarde demais. Alex, você consegue encontrar uma caixa de fósforos para nós usarmos?

Menos de dez minutos depois, as crianças estavam prontas para deixar a casa. Mais uma vez vestiram as máscaras e correram pela rua afora até onde ficava a casa dos Grimaldi.

## Capítulo 12

# A Queima do Livro

Embora estivesse morrendo de medo, Billy olhou de relance para cima e viu que o céu estava limpo. Eles ficaram juntos no jardim.

– Agora, Alice, não esqueça: direto para o cano, depois para a janela. Queime o maior número de páginas que puder, o mais rapidamente possível. Então, dê o fora. Pena que o livro pareça tão pesado, senão você poderia atirá-lo pela janela e nós o queimaríamos aqui fora.

Alice colocou a caixa de fósforos no bolso do macacão.

– Esse é o jeito mais fácil para mim, Billy – ela garantiu ao irmão. – Jamais seria capaz de carregar o livro por conta própria.

Ela virou-se e começou a escalar o cano mais uma vez, mas agora um pouco mais apreensiva do que antes, já que sabia o que estava enfrentando.

A escalada foi bem fácil para ela, porém a janela estava emperrada, o que bastou para causar alguns problemas. Ela empurrou, puxou, resmungou e rosnou. No chão, os garotos prendiam a respiração e rezavam.

Por fim, a janela se abriu, e eles viram Alice desaparecer no interior da sala. Assim que ela fez isso, os garotos escutaram um grito de alguém que passou correndo pela frente da casa. Eles olharam uns para os outros.

– O que foi isso? – cochichou Alex imediatamente.

No mesmo instante, veio outro grito.

– Ricky, onde está você, querido?

Ricky gelou. Era a voz da mãe dele. Mas ela participava da procissão. Será que isso significava que a procissão estaria voltando?

Mantendo-se perto da parede, escondidos nas sombras, os três garotos circularam pela lateral ao redor da casa para tentarem ter uma visão mais clara do que estava acontecendo.

– Ricky! – ela chamou novamente.

– Venha cá, meu querido, quero ver você. Sinto muito se eu tranquei você na garagem. Não vou fazer isso de novo, prometo. Venha para cá, por favor, vou lhe mostrar como estou arrependida.

Ricky começou a andar para a frente. Rapidamente, Billy segurou o braço dele.

– Não, Ricky, é mentira, será que você não percebe? Essa que está falando não é a sua mãe de verdade. Eles vão fazer qualquer coisa para nos pegar. Estão apenas brincando com as suas emoções. Você tem que ficar aqui, senão vai colocar tudo a perder.

– Mas...

Ricky começou a protestar, mas parou quando ouviu uma voz diferente chamando-o. Desta vez era seu pai.

– Ricky! – ele gritou. – Venha cá agora mesmo. Você está preocupando a sua mãe. Venha cá filho, nós amamos você. Por favor, diga onde está.

A procissão serpenteava seu caminho rua acima, agora com algumas pessoas carregando tochas que espalhavam um misterioso brilho ao redor.

Na liderança, os quatro Grimaldi pareciam observar tudo. Os olhos deles sondavam em cada direção, tentando encontrar as crianças que faltavam.

Alguns moradores murmuravam bem baixinho, e gradualmente mais pessoas se juntavam a eles.

O padre, que ainda caminhava bem no começo da procissão, entoava alguma coisa que Billy não conseguia entender de jeito nenhum. Ele escutou as palavras mais de perto.

– Céu no estás que Nosso Pai.

Ele recitava a oração do Pai Nosso ao contrário! Billy estava certo de que já tinha visto alguém fazer isso em algum filme. Achou que isso teria alguma conexão com o oculto, ou até com Satanás!

Ele engoliu em seco. Os Ceifadores, de olhos brilhantes bem abertos para encontrar as almas que eles desejavam tanto mal, pairavam em cima da procissão o tempo todo, apavorando os garotos ainda mais. O murmúrio da procissão, agora, transformava-se em palavras, em nomes, e as crianças não podiam deixar de ouvir.

– Billy, Alice, venham para nós. Venham para nós, agora.

Billy escutou as vozes de seus pais misturadas com as dos outros e, totalmente contra a vontade, sentia-se compelido a seguir com eles. Ainda segurando Ricky, ele pegou a mão de Alex com o outro braço.

– Não – ele disse a si próprio. – Preciso ser forte. Se eu for, estamos perdidos. Tenho que esperar pela Alice. Tenho que retirá-la daqui em segurança.

A procissão fez uma parada bem na frente da casa e os cânticos ficaram mais altos.

Os pais de Alex tinham se juntado aos outros na frente e suas vozes aumentaram a súplica. Algumas pessoas faziam buscas nos arredores, todas chamando pelo nome das crianças.

– Ricky, venha conosco, filho, venha.

Billy achou que sentia Alex empurrar o ombro dele como se quisesse seguir rumo à multidão. Estava difícil resistir.

– Não, Alex – disse o amigo –, temos que ficar aqui, por favor, temos que ser fortes.

Ele se virou para olhar para o amigo, mas não foi o rosto de Alex que seus olhos arregalados viram.

O rosto branco feito caveira do Ceifador estava tão perto que quase o alcançava. O olhar penetrava direto no coração do garoto.

Os dois amigos o soltaram, e caminharam em direção aos pais.

– Não! – gritou Billy. – Não, voltem!

O Ceifador empurrou-o para a frente com a foice com tanta força que Billy tropeçou e caiu na grama. Ele podia ver que outros Ceifadores começavam a descer do céu para cercar seus dois amigos. Ele se debateu para ficar em pé, pois sabia que teria que correr. Mas, para onde?

– Onde ela está? – o Ceifador perguntou a ele, chegando mais perto.

– Quem? – Billy gaguejou, sua voz estava quase irreconhecível de tanto medo.

– Alice, é claro – ele respondeu, ríspido. – Não importa se você vai ou não nos contar. No final, nós vamos encontrá-la.

O Ceifador colocou sua mão esquelética, cadavérica em cima do braço de Billy e ele estremeceu.

– Venha, junte-se aos seus amigos. Não vai querer ficar de fora da colheita, vai?

Billy sentiu que dava passos indesejados rumo à multidão. Podia ver Alex e Ricky, cada um com Ceifadores ao lado deles, como se montassem guarda. Quando Billy alcançou a procissão, o cântico começou a mudar.

– Alice, venha para nós, queridinha. Alice, estamos esperando.

Billy sentia-se completamente desamparado. Não podia fazer nada para ajudar. Fechou os olhos com força e começou a rezar.

– Por favor, Alice, não os ouça, não os escute. Eles significam o seu mal. Continue escondida, vou voltar para ajudar você. Não sei como, mas vou.

Ele abriu os olhos bem na hora em que viu a senhora Grimaldi cair no chão, com o marido ajoelhando ao lado dela.

– O que aconteceu? – ele perguntou. A esposa segurou a garganta, como se estivesse sufocando.

– O livro, alguém pegou o livro. Você precisa impedir isso.

Erguendo-se, o marido abandonou a procissão e correu para a casa. Mas ela já estava toda em chamas.

# Capítulo 13

# O Resultado

O calor do incêndio fez com que as janelas estourassem, espalhando vidro quebrado em volta da casa. Algumas pessoas na procissão se machucaram com os cacos que voavam aleatoriamente pelo ar da noite.

Billy, protegendo os olhos das chamas, tentou encontrar o caminho de volta para a casa. Ele tinha que alcançar Alice. Jamais se perdoaria se ela se ferisse de qualquer maneira.

Ele tentava forçar o caminho para a casa no meio da multidão, mas logo depois outra violenta explosão sacudiu a casa. Houve ainda mais gritaria quando cacos de vidro e pedaços de escombros atingiram o resto da procissão que se dispersava.

Por toda parte havia muitas crianças chorando, e alguns adultos deitados no chão, obviamente feridos e angustiados, enquanto outros tentavam oferecer-lhes algum alívio. As pessoas cujas casas ficavam por perto correram para lá em busca de cobertores, curativos e outros itens semelhantes que estivessem facilmente ao alcance das mãos.

– Billy! – a mãe dele chamou. – Volte, não se aproxime da casa.

Ela tentava ajudar um homem idoso caído no chão. A perna esquerda dele tinha sido atingida por um caco de vidro e ele estava perdendo muito sangue. Ela fez um torniquete e tentava desesperadamente estancar o sangramento.

Billy virou-se para a mãe:

– Você não entende, mãe – ele gritou. – Alice ainda está dentro da casa. Foi ela que ateou o fogo!

O rosto da mãe mudou de figura. Ela rapidamente examinou o homem ferido para ter certeza de que ele sobreviveria e depois correu com o filho para a casa, que agora estava completamente incendiada, e era óbvio que não havia nenhum jeito de alguém entrar lá.

Ela começou a gritar descontrolada, com grandes lágrimas escorrendo pelo rosto até o queixo. Sentiu um braço envolvê-la. O pai de Billy tinha se juntado a eles, mas ninguém falava nada. Não existiam palavras que fizessem justiça para a situação.

A família Grimaldi tinha desaparecido por completo, deixando para trás incríveis cenas de choque, dor e devastação.

Ao que parecia, os Ceifadores também tinham sumido.

– Então, ela conseguiu destruir o livro – disse Billy em voz alta. – Embora com um pouco de exagero, pois ao que parece também destruiu a casa.

Alex e Ricky apareceram ao lado da família Thomson. Alex estava bem, apesar do corte profundo que teve ao ser atingido por um pedaço de pedra afiado.

Ricky também tinha sobrevivido intacto. Ele olhou para o rosto de Billy manchado de lágrimas.

– E a Alice? – ele perguntou.

Billy balançou a cabeça.

Foi então que alguém gritou o nome dele. Billy virou-se, olhou para a procissão e viu uma pequena criatura que vestia um macacão azul imundo, com a cabeça cheia de cachos loiros desalinhados, correr rapidamente em direção a ele no meio dos escombros.

– Alice, você conseguiu! – ele gritou, correndo para ela, de braços abertos.

– Você está bem, eu nem acredito! Achei que você tivesse...

– Eu fiz o que você disse, Billy – ela falou, chorando e rindo ao mesmo tempo. – Você lembra? "Direto para o cano, depois para a janela. Queime o maior número de páginas que puder, o mais rapidamente possível. Então, dê o fora." Essas foram as suas palavras, Billy, e foi isso o que eu fiz.

Ele a abraçou, levantando-a do chão para alegria dela.

– Com certeza você fez isso, garota. E fez bem feito! Olhe, não há nenhum Ceifador à vista. Eles não têm mais nada para colher, graças a você. Você é a nossa heroína.

A mãe e o pai agora tinham se juntado a eles, e o pequeno grupo ficou reunido. Todos se beijavam e se abraçavam. O pai acariciou o cabelo de Alice.

– Gostaria de poder dizer que entendo o que aconteceu aqui – ele disse pesaroso –, mas nos últimos dias tudo parece estar completamente embaçado! É muito estranho, muito estranho mesmo.

A mãe sorriu: – Acho que sei o que você quer dizer – ela comentou.

Ao caminharem para casa um pouco depois, enquanto faziam o que podia ser feito pelas pessoas que estavam feridas, Billy viu a placa com o nome dos Grimaldi caída no meio da rua.

Após pegá-la, ele a atirou na pilha de escombros que ainda ardia em chamas e ficou assistindo, até que o nome Grimaldi desaparecesse por completo.

– Espero nunca mais ouvir esse nome novamente – ele disse.

O pai colocou os braços em volta do ombro de cada um de seus filhos.

– Venham, crianças, vamos devorar uma pizza!

## Capítulo 14

# A Apresentação de Grimey

Glosserton lentamente retornou ao normal. Os pais ainda castigavam seus filhos, mas ficaram para trás os dias em que alguém se aborrecia por ficar trancado em uma garagem! Billy e Alice sabiam que Glosserton tinha passado bem perto de ser destruída. E eles tinham derrotado as forças do mal.

Porém, alguma coisa incomodava Billy.

– O que foi? – perguntou Alice a um Billy preocupado certa noite em casa.

– Quer saber o que estive pensando? Será que Glosserton realmente foi a única cidade a sofrer tudo isso? Por que isso aconteceu conosco? E se estiver acontecendo em outro lugar? E se...

– Não seja tolo, Billy – replicou Alice. – Os Grimaldi estão acabados, eles não existem mais. Você até viu a placa com o nome deles pegar fogo e queimar até o fim. Não há mais nada que eles possam fazer contra nós agora.

– Eu sei, eu sei. Os Grimaldi não podem. Mas e se existirem outras famílias, em outras cidades? Como você sabe, Alice, o Ceifador realmente existe. Todos esses pequenos Ceifadores eram apenas ajudantes dele, seus subordinados.

Será que o mal foi mesmo completamente derrotado?

– Veja, Billy, se você está pensando em seguir a carreira de caça-fantasmas, então, trate de fazer isso por conta própria! Nós estamos seguros, a cidade está segura. O que mais importa? Além disso, eu realmente não nasci para viver pendurada em canos e me infiltrar na casa dos outros!

Billy olhou para ela, ainda perturbado. Alice podia perceber que havia alguma coisa que ele não tinha revelado para ela. E ele sabia da desconfiança da irmã.

– Não faça isso comigo, Billy.

– Está bem, mas não dá para contar. Tenho que lhe mostrar. Vamos lá – Billy colocou seu casaco.

– Vamos? Aonde?

– Vamos. Não envolve queima de livros. É verdade. Pelo menos, ainda não.

Hum... Ainda não? Alice não gostou da conversa. Instintivamente, ela percebeu que os dias de andar pendurada em canos, em desespero, provavelmente não tinham acabado. Pelo menos, ainda não!

Billy levou Alice a uma construção abandonada perto de onde os Grimaldi moravam. Era um local escuro, com portas que rangiam, teias de aranha por toda parte e um som de mastigação ruidosa!

– Que barulho é esse? – Alice esbravejou.

– Silêncio! Não grite! Você vai assustá-lo!

– Espere um minuto. Assustar quem?

– Você vai ver – disse Billy, enquanto pegava na mão dela e a levava até a cozinha da casa. Então, ele baixou as persianas com cuidado e verificou se ninguém podia espionar dentro da casa, com toda aquela decoração mofada, em ruínas.

Billy, então, acendeu uma grande vela. Ao fazer isso, o som da mastigação parou de repente. Lentamente, a claridade revelou uma figura no canto. Uma figura encapuzada! Alice não se abalava com figuras encapuzadas, logo ela que havia acabado de salvar a cidade das forças do mal. Sendo assim, a figura encapuzada falou com Billy.

– Oi, são só vocês. Por um momento me assustei. O que mais você trouxe? Estou faminto!

– Eu não trouxe nada.

– Exceto essa outra criança, eu acho.

– É a minha irmã.

Alice olhou de perto a figura na escuridão. Parecia a voz de um garoto, não era muito mais alto que a menina. Ela se acalmou. Em comparação ao que tinha acabado de passar, aquela figura boba, com manto e capuz, parecendo um pequeno Ceifador, não conseguiria assustá-la. "Espere um pouco"– ela falou para si mesma. "Vamos pensar! Ceifadores, pequenos ou grandes, nunca são bons!"

– Quem é você? – ela perguntou.

– Tudo bem, queridinha. Eu tenho um manto e um capuz de Ceifador. Essa coisa brilhante aqui é a minha foice. E se olhar mais de perto, você vai ver que eu não tenho pele, mas apenas ossos. Então, com essas poucas pistas, qual seria a sua forte intuição?

Se aquele era o Ceifador, então, ele estava sendo quase agradável, embora um pouco grosseiro. Mas isso ela até podia enfrentar. Ela olhou para Billy, pois sabia que ele jamais a teria levado até lá se houvesse qualquer tipo de perigo. Billy sorriu sem graça.

– Este é o Grimey – ele disse, afinal.

– Grimey em inglês significa encardido. Eu sou encardido por causa do nome, não pela natureza, isso eu lhe garanto, mocinha.

Houve uma pausa. Por fim, Grimey prosseguiu.

– Tudo bem, Billy, então vou ter que dar uma explicação?

Billy confirmou que sim.

– Veja, mocinha – continuou a miniatura de Ceifador na frente dela –, eu fui meio que deixado para trás. O meu coração nunca esteve realmente nessa coisa de Colheita das Almas. Mas você conhece as regras: quando alguns tontos malfeitores endemoninhados começam a escrever um Livro das Almas, bem, eu tenho que cuidar da minha própria carreira. E então, eles nos conjuram lá em cima, e cá estamos nós. Ou melhor, cá estou eu. Mas graças a vocês, todos os outros foram embora, por enquanto.

– Foram embora? Você quer dizer como os mortos? – perguntou Alice.

– Está brincando comigo? – disse Grimey. – Não, você acha que nós, os Ceifadores, morremos para sempre? Não. Nós simplesmente caímos em um cochilo invisível, esperando o nosso próximo "bico".

– "Bico"? – estranhou Billy – Isso mesmo. Você sabe: é assim, tipo um serviço, uma tarefa, o que quer que seja. Agora, vocês têm certeza de que não trouxeram nada para eu comer? Continuo com fome. Só comi aquele pedaço de pão que você me trouxe de manhã. Não sei onde isso vai parar. Estou só pele e osso – sem pele, é claro!

# Capítulo 15

# Um Serviço para Grimey

– Então, por que você não está adormecido como os seus amigos Ceifadores? – perguntou Billy.

– É como eu lhe disse hoje de manhã, Billy, o meu coração nunca esteve nessa coisa de ceifar. E as forças desse tipo, endemoninhadas, como a dos Grimaldi, são muito ingratas. Não, muito obrigado, por favor, nada de tapinhas nas costas. Ei, eu tenho sentimentos! Só porque sou um Ceifador, não quer dizer que eu seja sem coração! Bem, na verdade, de fato, eu não tenho coração, no sentido físico, entende?

E então, ele abriu sua capa para mostrar sua caixa torácica, que com toda certeza não continha um coração.

– E algumas das coisas que eles pediram para que a gente fizesse... – ele continuou – ... eu tenho consciência, você sabe. A maioria de nós tem. Os Ceifadores têm muita má fama. Para mim, a culpa é da mídia.

Alice olhou para Billy, sem se impressionar:

– Ei, Billy, parece que você me colocou em uma

cena do filme *E.T., o extraterrestre*! Com certeza agora você vai querer "telefonar para casa", como no filme?

– Para casa? Está brincando! Minha casa é um cochilo eterno, a menos que você seja invocado por alguma criança no Dia das Bruxas, ou por tipos como os Grimaldi. A verdadeira Colheita é feita pelo próprio Grande Ceifador. Claro, se fizer favores para Ceifadores muito importantes, você consegue colher alguma alma estranha decente. Eu fiz um "bico" desses só uma vez. Gostei. A pessoa cuja alma eu controlava tinha sido um herói de guerra. Cada história que ele contava! Ele ficou irritado comigo só por causa do pedido final. Como reclamou... Acho que foi isso que prejudicou a minha carreira. O E.T. pode ficar em casa. Eu? Eu só quero ficar por aqui!

Alice olhou para ele: – Para fazer o quê?

– Não sei. Acho que eu podia ser uma espécie de guarda de segurança, para proteger vocês de gente como os Grimaldi.

– Mas agora eles foram embora – disse Billy.

– Claro, claro. Com certeza eles foram, garoto. Pense bem: será que eles nunca, jamais, voltarão? Será que gente ruim desiste de vingança? Pessoas endemoninhadas simplesmente aceitam a derrota e voltam para casa dizendo que, afinal de contas, venceu a melhor equipe? É claro que não!

– Mas os Grimaldi não podem voltar. Podem?

– Veja, as forças dos endemoninhados são muito mais importantes do que a dos Grimaldi. Eles eram só um belo grupo de pessoas. Mas os espíritos endemoninhados os possuíram. É claro, os Grimaldi foram embora. E os espíritos que mandaram fazer o que eles fizeram ficaram ofendidos e estão cuidando das feridas deles. Mas eles vão voltar. Pode não ser aqui, mas em algum lugar.

Alice olhou para Billy. Então, foi por isso que Billy fez aquelas perguntas a ela antes deles saírem de casa. Ele havia dado ouvidos àquele Ceifador espertalhão, rude e inexpressivo. Alice olhou para ele e disse:

– Quer saber o que eu penso? – ela disse.

– Não – disse Grimey.

– Bem, acho que você está tentando nos assustar para que possamos protegê-lo e para deixá-lo ficar aqui.

– Claro. É isso mesmo, garota. Você entendeu tudo direitinho, não é? Vou lhe mostrar uma coisa.

Ele acendeu outra vela e de dentro de seu manto retirou um livro enorme. Colocou-o na mesa e pediu para Alice olhar.

Billy já tinha visto aquilo, ele garantiu a ela. Então, Alice foi até a mesa e olhou o livro. Havia uma lista escrita do lado esquerdo de cada página.

– O que é isso? – ela perguntou.

Se o Grimey tivesse olhos nas órbitas, eles teriam girado dentro da cabeça dele. Depois de um longo suspiro, ele disse: – É uma lista!

– Mas o que tem? – gritou Alice.

Grimey olhou para Billy e disse: – Veja, essa é outra razão para eu largar esse negócio de ceifar. Os Ceifadores deviam assustar meninas pequenas, e não deviam ser tratados aos gritos por elas!

Ele se virou de volta para Alice e disse: – É uma lista de livros, do mesmo tipo que você queimou. O quê? Você pensava que aquele era o único que existia? Claro, claro. De todas as cidades do mundo, Glosserton era uma exceção, a única visada pelas forças dos endemoninhados. NÃO! Querida, esses malvados não se preocupam com a sua cidadezinha! É o mundo inteiro que eles querem! A sua cidade é apenas uma entre milhões, e eles vão voltar algum dia. A única coisa que pode impedi-los de voltar é um bom fantasma, como a alma daquele herói de guerra que eu contei para vocês. A guerra nunca termina! Mas esta cidade deve ficar mais segura do que a maioria por um tempo, até que eles se reagrupem.

– Então, é por isso que você quer ficar aqui, por ser um lugar seguro?

– Isso, e porque tem pizza. E por falar nisso...

Alice e Billy estavam agora sentados na mesa. Pizza era a última coisa na mente deles.

Billy olhou para Grimey e disse:

– Você está dizendo que essa coisa toda jamais terá fim? Isso vai continuar para sempre?

– O que você quer de mim, garoto? Sou totalmente contra finais felizes. Pode esquecer isso! O que você acha? Que será como quando você tinha 4 anos de idade? Que vai ser como a história dos irmãos João e Maria? Aquela em que eles vivem felizes para sempre? Aposto que existe alguma continuação que ainda não foi contada, do tipo: eles comeram a casinha feita de doces e morreram sem teto e obesos. Contos de fadas não são a realidade, crianças. Mas isto aqui é.

Os irmãos ainda estavam digerindo tudo aquilo.

– Mas...

Billy e Alice se entreolharam.

– Mas o quê? – perguntou Alice.

– Quando os endemoninhados correram para escapar daqui, depois que você tão bravamente os derrotou, eles se esqueceram de mim. E eu não fiquei triste com isso. Mas, eis a questão: esse livro que vocês estão vendo, essa lista das listas, contém cada casa onde os endemoninhados podem florescer no país. Agora, qualquer bando de caras maus como os Grimaldi vai precisar dele. Só que o livro não está com eles. Está comigo! – Será que eles vão procurá-lo?

– É claro que vão.

– E agora? Isso significa que eles virão procurá-lo por aqui!

– Isso aí!

– O que vamos fazer? – gritou Billy.

– Isso me leva de volta à minha proposta inicial – disse Grimey.

– Qual era? – perguntou Alice.

– Guarda de segurança.

Billy e Alice olharam um para o outro. Grimey acrescentou:

– Agora vocês estão entendendo. Demorou um pouco, mas afinal de contas vocês são apenas seres humanos, que têm seus problemas, especialmente quando se trata de proteger uma cidade contra fantasmas. Por outro lado, eu, que sou um fantasma, não tenho essas limitações.

Billy e Alice olharam para ele. Precisavam esclarecer as coisas aos poucos. Ele era bom.

– Mas você é apenas um, e eles são muitos – disse Billy.

– Na verdade, não. É claro que sou o único aqui. Mas não estou sozinho no mundo real.

– Mas este é o mundo real! – disse Billy.

– Será? Então, deve ser por isso que vocês ficam à mercê de fantasmas e espíritos! Acordem, crianças, o mundo dos espíritos é o mundo real. E eu tenho uma rede de espiões do outro lado, que vão me avisar se souberem de qualquer destruição iminente.

– E por que eles fariam isso? – perguntou Alice.

– Vamos apenas dizer que existem alguns Ceifadores que podem ficar muito preocupados quando se derem conta que se esqueceram de mim e deste livro, que é uma espécie de manual para a dominação do mundo. Afinal de contas, isso não deveria ter sido deixado por aí.

– Guarda de segurança... Acho que pode ser! – falou Billy, pensando melhor na ideia. – E o que vai querer em troca?

– Pizza!

# TÍTULOS DA COLEÇÃO

# HORA DO ESPANTO

# Garoto Pobre

Tommy e sua mãe mudaram-se para uma casa nova e todos os vizinhos parecem ser melhores do que eles.

As outras crianças do local sentem enorme prazer em provocar Tommy e em lembrá-lo constantemente de como ele e sua mãe são pobres.

Tommy consegue a ajuda de um estranho garoto que costuma aparecer quando ele precisa. Com o novo amigo, ele começa a se vingar da criançada esnobe ao seu redor.

Mas de onde vem esse misterioso amigo?

E por que ele ajuda Tommy?

# O PIANO

A família Houston acredita ter encontrado uma grande pechincha quando compra um belo piano por um preço muito baixo. Mas o piano parece ter vontade própria. Na verdade, não importa qual música as pessoas tentem tocar, o piano toca sempre sua própria e triste melodia.

O que o piano tenta dizer ao mundo?

Será que os Houston levaram algo mais além da pechincha?

E quem seria o compositor da bela, mas perturbadora, música que o piano insiste em tocar?

# O Espantalho

Não é raro pessoas se tornarem fortemente apegadas ao lugar onde nasceram... Mas um espantalho?

Uma série de acidentes misteriosos na nova fazenda da família Davis faz David suspeitar de que há uma relação entre eles. Será que existe alguém, ou alguma coisa, por trás desses eventos macabros?

Quanto mais David investiga, mais ele quer manter a boca calada. Até que o terrível segredo do espantalho seja revelado!

# O Escritor Fantasma

Charlie é um aluno com talento para escrever, mas nem mesmo ele consegue se lembrar de ter escrito todas aquelas palavras que aparecem em seu bloco de notas!

Parece que uma história está sendo contada nas páginas do texto manuscrito, mas quem está fazendo a narrativa e por quê?

O diretor da escola de Charlie está se mostrando um pouco interessado demais no bloco de notas e não parece muito contente. Conforme Charlie investiga, descobre que as coisas são piores do que ele jamais poderia imaginar. Você alguma vez já se assustou com o diretor de sua escola?

Eu quero dizer: ficou *realmente* assustado?

# O Poço dos Desejos

Tom fica feliz da vida quando encontra um poço abandonado perto de casa.

Quando grita o que pensa dentro do poço, Tom esquece os problemas que precisa resolver na nova escola.

Lentamente, Tom percebe que quando compartilha seus desejos com o poço, eles se tornam realidade, por mais terríveis que sejam. O espírito do poço atende aos desejos, mas o que será que quer em troca?

E o que acontece quando Tom hesita em ajudar o espírito do Poço dos Desejos?

# Sangue na Torneira

Bill Todd está encantado porque encontrou uma casa nova para a família. Ela é barata, localizada em uma boa vizinhança e é muito mais espaçosa, uma necessidade para a família em crescimento. Mas a esposa dele e seus filhos – Alex, Beth, Gary e Karen – não têm tanta certeza disso.

A casa parece sinistra e causa uma impressão assustadora. Eles têm um sentimento muito ruim sobre ela, mas o senhor Todd não pretende mudar de ideia.

O endereço é Avenida Blackday, número 13. E logo a família Todd descobre que seus temores estão se tornando reais. Não demorou muito para eles encontrarem algo que fez todos desejarem nunca terem se mudado!

# O Doutor Morte

Alguma vez você já foi ao médico com uma doença sem importância só para descobrir que iria piorar muito em seguida?

Foi exatamente isso o que aconteceu com Josh Stevens e seus amigos. Eles deixaram de ser uma turma de adolescentes saudáveis para se tornarem despojos pustulentos, fedidos, ensebados, depois que, por coincidência, passaram por uma consulta com o encantador e elegante doutor Blair. As espinhas medonhas de Josh vão colocar em perigo o futuro encontro dele com a adorável Karen, mas existem "remédios" muito mais sinistros no armário do "bom" médico.

Será que Josh e seus amigos conseguem impedir o doutor Morte de realizar seu plano funesto?

# A Fuga de Edgar

Depois de trazer muitas histórias fantasmagóricas e desprezíveis ao seu conhecimento, eu decidi que precisava contar a minha própria história. Tenho certeza de que você está ao menos um pouco interessado em saber quem foi Edgar J. Hyde e quem ele é hoje.

Diante dessa busca por informação, senti que a melhor maneira de atendê-lo seria contando-lhe a minha história.

Neste livro, eu revelo a pessoa por trás das histórias, de onde vim, como consigo contar as minhas histórias de além-túmulo e qual o meu propósito. Agora, peço-lhe que a leia, se tiver coragem!

# O Soldado Fantasma

Alan e Isabel adoram ouvir histórias de heroicos guerreiros escoceses. Eles visitam o local onde ocorreu a Batalha de Culloden e Alan começa a sonhar acordado com a batalha, desejando que pudesse ter estado lá para ajudar a combater os Casacas Vermelhas.

Mas ele muda de opinião quando uma explosão no jardim da casa deles libera os espíritos dos guerreiros fantasmas da batalha.

Alan é acidentalmente lançado no apavorante mundo dos agitados fantasmas dos soldados ingleses e escoceses, que são obrigados a lutar essa batalha de novo. As crianças precisam levar os espíritos de volta ao lugar de onde vieram. Mas como?

# Espelho Meu

A família Johnson comprou um lindo espelho antigo. Surpreendentemente, as três garotas da casa acham que podem ver a imagem fantasmagórica de uma garota presa dentro dele!

Ela veste roupas estranhas e parece estar tentando se comunicar com as garotas pelo espelho.

Logo, a misteriosa história da menina é revelada e a terrível verdade sobre como ela ficou presa no espelho vem à tona.

As meninas não têm outra alternativa a não ser tentar quebrar a maldição do espelho.

# Feliz Dia das Bruxas

Samanta, Tiago e Mandy são irmãos. Os pais deles decidem descansar um pouco em uma tranquila aldeia no fim de semana do Dia das Bruxas. Os adolescentes estão muito preocupados, pois ficar em uma aldeia chata vai estragar a brincadeira de travessuras ou gostosuras.

Com certeza, o Dia das Bruxas será bem diferente do normal, mas longe de ser uma chatice!

Samanta descobre um velho livro de feitiçaria e rapidamente percebe que é capaz de controlar perigosos poderes. Logo, ela é levada para um mundo terrível e sinistro de magos e bruxos, e precisa escapar ou perderá a vida.